淙 淙 集

黄文忠诗歌自选集

黄文忠　著

海峡出版发行集团
THE STRAITS PUBLISHING & DISTRIBUTING GROUP　海峡文艺出版社
Haixia Literature & Art Publishing House

图书在版编目(CIP)数据

淙淙集:黄文忠诗歌自选集/黄文忠著. —福
州:海峡文艺出版社,2020.5(2024.3重印)
ISBN 978-7-5550-2215-2

Ⅰ.①淙… Ⅱ.①黄… Ⅲ①诗集－中国－
当代 Ⅳ.①I227

中国版本图书馆 CIP 数据核字(2020)第 038896 号

淙淙集
————黄文忠诗歌自选集

黄文忠 著
出 版 人 林 滨
责任编辑 林可莘
出版发行 海峡文艺出版社
经 销 福建新华发行(集团)有限责任公司
社 址 福州市东水路 76 号 14 层
发 行 部 0591－87536797
印 刷 三河市兴博印务有限公司
厂 址 河北省廊坊市三河市杨庄镇大窝头村西
开 本 889 毫米×1194 毫米 1/32
字 数 120 千字
印 张 6.625
版 次 2020 年 5 月第 1 版
印 次 2024 年 3 月第 2 次印刷
书 号 ISBN 978-7-5550-2215-2
定 价 39.00 元

如发现印装质量问题,请寄承印厂调换

目　录

第一辑　九曲筏歌

第二辑　会飞的壁画

第三辑　线之舞

淙淙集

第四辑　诗之旅

淙
淙
集

第一辑
九曲筏歌

九曲筏歌

武夷山有三十六峰、九十九岩之胜，九曲溪环流其间。

一

翘首的小竹筏，
在九曲溪里轻轻地滑；
像一枚灵巧的绣针，
把我的情思牵进画。

二

晨雾初开的溪峡，
山影波光啜着点点的霞；
空谷里有鸟语的回声，
那是我的心扑飞在碧水丹崖。

三

我尤爱武夷烟雨，
暗了千山，却亮了丛丛杜鹃花；
分不清哪是山，哪是山的倒影，
有无数绿的手指，理着漫空的纱。

四

清澄的景致，像透过蓝色的玻璃，
映入我的眼帘——武夷的月夜呵；
三十六峰、九十九岩仿佛是真的人真的物，
在变幻不定的舞台上，演出一幕幕神话。

五

玉女婷婷，临水插花，
大王巍巍，伫望天涯；
岩峰静，倒影动。纵是铁板峰，
又怎能阻挡悠悠心曲，日夜唱答？

六

"墨鱼石"——"下水龟"——"虹桥板"……

美蓉滩的景物呵，令人应接不暇；
——这是从想象的湖泽里灿然出水，
永不凋谢万古清新的芙蓉花。

七

松风起，天游峰的石亭翘然欲飞，
氤氲里，天心岩的茶花香沁山野；
绝壁下，那湮于浩劫岁月的古渡口，
正拨开荆莽，将询问的目光迎迓。

八

有一方方玲珑的印石兀立溪边，
有数十方丈的题刻镌于摩崖；
武夷之美在于小——像精镂的象牙，
武夷之美在于大——像雄奇的巨塔。

九

两壁迭立的石峰在旋动，
无数列神异的造型，无数轴立体的画；
呵，在这美的包围里，心在溶化，
呵，在这醒的梦境里，诗在开花！

武夷二首

山中雨曲

好似一盆淡墨，
当空泼下，
笼罩九曲山水。
峰峰崖崖，
渐次溶解，
疾风劲写，
几株黑松横斜。
有铜鼓之音隐隐，
由远而近，
深壑为之激动，
轰轰共鸣。

雨之弦震颤，
叠叠断崖，
织满闪光的线。
所有无声处，
都蹦出音符。

人不知
身在哪里，
好似堕入梦之谷。
半山亭，
是振翅的鸟，
载着魂升飞。
雨云之涛，
恣意翻卷。
偷眼下视，
瞥见九曲溪，
弯曲处，
明灭不定，
似太极双鱼，
旋于混沌恍惚……
风渐软，
雨渐稀。
雾一团一团，
拭着青钢一样的山峰，
如花苞徐徐开绽。
染着夕晖的巅顶，
琥珀般透明。
似有无比大的肺叶，
无比畅快地呼吸。
漫山淅淅沥沥，

相思树的红豆，
一粒粒晶莹……

无我茶会

携一副茶具，
作一番悠游。
从岩隙间的曲径，
侧身而进，
像走入一部古籍。
前贤题刻，
仅是题目，
层岩叠峰，
读不尽有多少文字，
没有逗号没有句号。
粘着湿叶的鞋，
是探险的船，
由造出之境，
航过有我之境，
再去寻觅，
无我之境。
在该停下的地方停下，
几块卵石垒个灶，
烧一陶缸流香涧的水，

泡一壶正宗岩茶。
盘坐着，
泊住颠动的心。
一道又一道，
细细品味个中的真韵。
山兰无言，
暗送幽香缕缕，
好鸟嘤嘤，
弹落水光点点。
天地间太多纷杂，
只这一刻沉淀，
万象归于静谧，
武夷即我，
我即武夷……

月下九曲溪

蜕下所有色彩，
只留银辉一线，
透过深浅墨色，
引动星天低旋。

似有轻柔的手，
推开扇扇坚岩，
凭借一泓静气，
穿越峡谷石滩。

竹筏飘飘如羽，
香兰丝丝渗漫，
撩拨远近峰影，
心曲回荡无边。

万种纷繁思绪，
如尘轻轻沉淀，
思想辞别花冠，
天人妙合瞬间。

良夜总是苦短，
前路峰峦颠连，
脱俗又应入俗，
心映九曲清源。

武夷山采风

一

晒布岩像一张
硕大无朋的荷叶，
那半山亭就是
一朵出水笑蓉。

二

鸡冠花似的玉女峰，
属于太阳；
玉兰花似的玉女峰，
属于月亮。

三

那条石磴道，
是首隽永的诗。
它的作用不在于告诉，

而是启示。

四

这里容不得
世俗的豪奢，
最甘醇的是
一盅岩茶。

五

雾，并不抹去什么，
却抹去了
视觉里多余的东西。

六

层层绿荫，
遮蔽双眸；
曲曲波光，
绣着岩峰。

七

美的神话
之附于武夷，
犹如云霞
之出于山岫。

八

美感是一种谜，
是无法揭破，
也无须揭破的谜。

九

是水在转，
是山在动？
是心之茎的摇曳？

武夷写生画

三　仰　峰

连环的峰峰壑壑，
像巨大的旋涡，
三仰峰立于旋涡中心，
仰首向天，怡然自乐。

峰巅竖起电视转播塔，
空间里荡漾着九曲清波。
将有亿万颗心被卷入，
在这美的旋涡里升，落。

流　香　涧

壁立的巨岩，像书页，
在你面前慢慢地翻；
你走进了，便就合拢，
只亮着头顶一线天。

脚边是透明的流泉，
幽兰和野菊的香气迷漫。
人，吟哦这隽永的诗行，
从夏天走进秋天，又从秋天走向春天。

水 帘 洞

一根引水藤，从崖顶牵下，
半空里喷落弧形的水花；
山脚一口圆圆的石池，承接着
一圈又一圈涟漪，像永久的问话。

怎么不见洞府，是关住了？
只有一座小庵，依傍着悬崖。
虹影绰约，飞进双双眸子，
而从心里飞出的，是诗，是画。

大 红 袍

由于一次偶然的机缘，
你在悬崖被僧人发现。
也由于必然的缘故，
你变作圣物，被供在山间。

难道造化也讲求专利，
把隐秘的路口封得严严？
但我终信"大红袍"的浓酽，
不会永被三株茶独占。

天　游　峰

从千丈险峰俯瞰，
人提着悬的眼、悬的胆。
紫雾拢散，幻出仙境，
磴道曲伸，抛下虚线。

彩色的亭，一个又一个，
像绽开的小阳伞，
一直飘落银蛇似的九曲溪。
心，也在飞翔，穿引诗的绣线。

水　光　石

人说九曲溪是流动的镜，
镜中照出行吟的群峰；
而水光石是固定的镜，
镜中流着一道道波纹。

淙
淙
集

——这可是九曲溪的乐谱？
可是她的旋律映于荧光屏？
呵，山在水中动，水在石上流，
山山水水奏出和弦：生命，生命！

风　洞

巨大的洞穴，有好几个
并排的洞口，像笛眼，
当清风在弯曲的洞里回旋，
便有笛音如淙淙响泉。

头顶有一条细长的裂隙，
这就是著名的武夷"一线天"。
当阳光的瀑布从洞顶泻下，
蝙蝠翻飞，像音符蹦在心弦。

印象四题

镜中玉女

是永恒的静止，
又是永恒的流动，
岩石丝弦铮铮。

你的美，
与你的故事，
神秘地从水底
走向我心的天空。

天游云海

是沉入大海，
这是升上高空？
座座山峰只露出眼睛，
发出天真的疑问。

无穷无尽的灰白，

终于被一支支金色的松针挑破；
心的地平线，
在浮沉中串起清晨。

幔亭烟雨

若隐若现，
似开似合，
这挂着帷幔的亭，
从云中送来万种诱惑。

亭似的岩峰呵，
可是你吹奏梦的笙歌？
望着你，心颤动着，
溢满音乐。

雪花飞泉

无数雪花飘落，
无数蜜蜂升腾，
阳光的雾里，
跃动诗的魂。

是久蕴的激情，

骤然爆发，却再也不凋零。
望着泉的花朵，
想着泉的根。

汉 城 怀 古

一座平缓的土坡，
搁在崇阳溪的东岸。

一副整整齐齐的
古城的骨骼，
在挖掘三十年之后，
展现在蓝天之下。

依据半截锈蚀的青铜剑、
零散的陶片、碎砖、
巨石砌的础基，
现代人透过千年瞳孔，窥见
雄峙一方的古越城！

时间丢失了太多东西。
有声有色的
大多变为片纸。
而史籍上竟没有一滴墨
留给这座城的黑色日子。

不知那些夭亡的先民，
月黑夜何处呼泣……

人们终于来了。

为了让失去的不再失去，
以坚忍将岁月封层
细细剥离。
当年做民工的爷爷的工具
如今已传到孙子，
当年厦大考古系的毕业生
如今也双鬓斑白，浑如老农。
为了让今天、明天
不要坠入那个远古的谜，
从时空的坐标上苦苦寻觅
被火与风掠走的事实。

还有不死的，正在
汗之湖渐渐显现。
半山腰，
一口湮没荒荆的石井
已露出清清的眸子，
相隔千年的对视
将期待缩到咫尺……

汉城遗址

好像一只大雁
从高空射落，
所有美丽的羽毛
都化为灰烬，
而残留至今的
仅是破碎的骨骼与坚爪。

没有人
能够真实地
描述出那一段
惊心动魄的故事。

蓝空罩着旷野，
红泥覆着焦土，
野树在瓦砾中繁衍……
一座雄踞东南的王城，
消失了两千年，
无声无息地沉埋在
岁月的海底……

踩着鹅卵石铺成的石道，
好似溯溪而上。
唧唧虫鸣，如细密的耳语，
仿佛空明里，
拥挤着看不见的影……

艳阳照射在荒城，
使修复后的遗址
显得更加轮廓分明。
正殿、偏殿、祭坛，
城门、角楼、水井，
还有趴在山脊的城墙……
恍若置身于刚开基的工地，
刹那间错换了时空。

一切渗透着中原文化的基因，
处处隐藏着八卦的玄机。
枕山襟水，
视野宽阔，
站在城南的烽火台，
可以望见武夷山的大王峰。
当角声起，鼙鼓动，
漫山旌旗飞舞，

水门征帆竟发，
那戴着耳环的闽越王，
目光穿越了关山万千重。

锈迹斑斑的箭镞，
砖、瓦、陶的碎片，
半块铜镜，
一截青铜剑，
一只小小的铁的齿轮……
好像发出了泣血的声音。
一个王朝彻底覆灭了，
像一个人家被砸了锅，扒了灶，
火的巨舌，
舔尽了地面的所有！

长满短松的山梁，
蜿蜒起伏，
如一道又一道螺圈。
为什么崭露的繁华，
又变作一片洪荒？
为什么富含个性的融合，
竟不能持之以恒？
为什么兴也匆匆，亡也匆匆？
站在这冷寂的坡头，

脚心在阵阵发烫。

剥离厚厚的堆积层，
比外科手术还要小心。
四十年的锲而不舍，
终于使蒙蔽千年的疑云
渐渐消散。
人们用历史的逻辑，
科学的想象，
源源充实古城的内涵。
有人冠之以"中国的庞贝"美誉，
有人论证她就是，
史书上曾记载只言片语，
影子般的冶城……

恢复的终点仍是遗址，
任何的添枝加叶，
都可能变为罪过。
任沧海桑田，
武夷山下，
崇阳溪边，
有一座凤凰涅槃似的
永远的汉城。

第二辑
会飞的壁画

会飞的壁画

——题丙烯画《泼水节——生命的赞歌》

一

万点花的雨，
泼向我心头的沙漠，
一条蜜的河，
注入我周身的脉络。
我的眼睁着——
看到了大地的复活；
我的耳张着——
听到了生命的赞歌！

二

西双版纳的节日呼唤着。
我的心儿变作阳雀，
飞进繁华的密林，
飞进海样深的生活。
伴着狂欢的人儿，

跳着——划着——泼着——
呵，那矫健优美的身姿，
藏有灵魂的花一朵朵……

伴着双双倩影，
踱着——追着——偎着——
呵，那藏在密林的心弦，
泼响了爱情的歌……

三

是一颗埋藏太久的种子，
钻出地面的硬壳，
向着太阳，
化作开屏的孔雀！

是一片干涸太久的湖泊，
盼来了天河的银波，
龙腾虎跃，
泛出傣家的盛会佳节！

四

画的天地不断伸展，

心灵铺出的跑道，多么宽阔。
从这里起飞，从这里起飞，
祖国的画呵，画中的祖国！

1980 年 2 月

榕 树 吟

一

你是可敬的长者，
飘飘长髯，拂动
岁月的波浪；
你是忠厚的长者，
条条根络，镂刻
道路的曲折

二

衰老与你无缘。
你的繁茂枝头，
四时都是生命的佳节。

你身上循环着创造的激流，
连着空间的海、地底的河，
拓出一个常青的境界。

三

你喜欢站在河边，
铺一片浓郁的云，
让晴午荡漾清波。

你喜欢站在河边，
用长髯串起牧童的欢笑，
逗引水中翻动的牛角。

四

你有神奇的气根，一条条
从树干垂下，在泥土里落脚。
就像大河伸出许多支流，
就像一条胳膊挽起许多胳膊。

生命就这样顽强进取，
占有限空间，创无限事业。

五

你没有松的虬枝，
傍着悬崖，龙一样腾跃；

淙淙集

你没有柳的柔腰，
依着堤岸，向四面的风取悦。

你甚至没有艳丽的花，
你甚至没有丰硕的果。

但我记住了，
你大山一样的心魄；
我记住了，你的语言
是一片片小小的翠叶。

黄果树瀑布

像在山民褐色的肩头上
搭一条白色的毛巾

百米落差，一面闪光的坚壁
万马奔腾，倾倒九十度的银幕

冲刷中，树也像鹫一般俯冲
花影散入飞虹

雨丝扬面，空气分外清新
仿若与大自然第一次相遇

一切噪音都淹入震天的铜鼓
生之旗在激奋中上升

风　动　石

永不能期望它有大的摆动，
永不能期望它会挪移一分。

在这个悬崖找到这个支点，
于是死死拉住了地球的衣襟。

可以用千年万年来消磨它，
它没有生命，却有的是时间。

可以让小孩的足蹬动它，
它有的是冷静，而无一丝热情。

欣赏这颗巨大的卵石，
谁不惊叹造化的奇迹？

回味众相纷呈的人生，
此一景却时时可见。

木 麻 黄

将大片大片的黄沙
笼进荫凉
细发一样的落叶
遮住了深浅脚窝

如一弯浓眉
衬着海屿的亮眼
木麻黄，木麻黄

凭感觉就可发现
这曾是无遮挡的荒岛
在漫长的等待中
是怎样的焦躁
得不到任何抚爱
没有鲜绿，只有枯黄

哦，这一排排
已有三十圈年轮的木麻黄
伴着长眠的谷文昌

林涛里有这位县委书记
最警策人心的话语
至今，人们还站在
他的树荫里
而几乎寻不见
和少男少女们同龄的木麻黄

为什么
口号年年在喊
风沙的脚步
又悄悄伸长
看得到的沧桑之变
为什么不能
变为认识的土壤
呵，东山
当你穿着比基尼泳装
嬉笑在开满花朵的马銮湾
当你的华福大厦
鹤立鸡群般
挺立铜城岗
不能忘了
是卑贱的木麻黄
用地底下的根须
网住苦涩的海洋

榕城两山吟

于　山

一

在榕城闹市的波涛里，
它是一座静谧的小岛。
人们登临，把心的港湾寻找，
让澄净的眼，映出绿的天空、花荫道……

二

精巧的楼阁筑在岩坡，
浑如天成，就像鹿长出角。
曲折的石径引人通幽，
就像根络在古榕上盘绕。

三

常青的叶，筛出清新的风，
四时的花，把生活的色彩匀调。
绿丛里露出白塔的尖顶，
在这空中花园，人是欢愉的鸟。

四

这里是抗倭庆功的所在，
庞然一方"醉石"，在山坡倚靠。
石上镂着爱国志士的警语，
民族的心呵，永不会醉倒。

五

炮垒似的四方形的平远台，
仍佩着戚公的剑，在远眺。
它从历史的伤痕里站出，
同今天的我们一起思考。

六

有强烈爱憎，这里的一木一草。
那滴翠的浓荫，使人想起英雄的襟袍。
当我走下山，又汇入人流、车流，
一股浩荡的风，把我的心帆鼓得饱饱……

乌　山

一

一座天然的园林，
曾被长久幽禁？

今天，伸出条条多情的石径，
伸向所有欢跃的心。

二

最先响起的脚步，
是啁啾的鸟音，
像点点霞光，闪烁在
相思树和竹的回廊、古榕的亭……

三

墨苍苍的岩石上，
有多少珍贵的题刻，
这曾被苔藓随意批注的诗句，
如今，又在心的碧空变作星星。

四

像有轻柔的手牵引，
人，似是一滴泉水，
沿着弯弯曲曲的根络上升；
无垠叶脉，波动美的生命。

五

层层树荫，像透明的羽翼，
笼着爱的温馨。

何必绕道呢？朋友将一朵微笑
献给那一双羞赧的眼睛……

六

山腰古老的乌塔，
像一柱变为化石的巨笋，
它中断千年的生命，
正在整座山上重新萌发。

七

闹市的喧声被重重过滤，
漫山似有无形的泉，喷出醉人的清芬。
生活里需要钢铁交响、雷火战阵，
更需要澄净的湖，投满心的花影。

金湖二题

雨中金湖

从泥泞的湖岸登艇，
把心托给金湖摇曳的心。
烟雨蒙蒙溶解一切界限，
展现一片充实的空灵。

湖底曾是梯田、村庄，
叶轮如翼，拨动液体的云。
湖面扇一般渐开渐合，
众岛谜一样忽现忽隐……

隐约可见撑着伞的木亭，
牵着你的想象曲折蛇行。
这山中一定藏着许多故事，
峡谷的风传出低低的歌吟……

水改变了山，山改变了水，
一切都渗透着人的憧憬。

但，和谐并非归于平静，
远处的坝头，正奔泻万钧雷霆！

甘　露　岩

攀着虬龙般的树根上岸，
踏上一条铺满碎叶的泥径，
仿佛进到武夷山的胜处，
幽谷里弥漫绿的温馨……

依傍壁立的巨岩，木寺悬空而起，
好似四层栈道，用粗长的杉木攀顶。
楮木雕的观音、普贤，还未上过漆，
慈悲的眼睑，已被熏得朦胧不清。

神秘的寺，原藏在云深处，
当年的云，已融入湖波盈盈。
你的高度，明显地降低了，
人世沧桑，造出神明。

奇绝丛生，却少为人知，
至今还缺乏传神的命名。
但山中崭露的一个个美的犄角，
将驮着绿金迎接幸运的来临。

洞 宫 山

未曾雕琢的璞玉
在荒凉的掩埋里
透露期待的波痕

不知什么岁月的丹炉
残留着幻念的灰烬
面对一扇扇紧闭的岩壁

秋后满是稻茬的水田
兀立旋着苍苔的螺山
张着嘴的蛇头岩歆于埂边

明亮的虹溪平静无声
红霞似的卵石伴送
长流不断的四时倒影

蓊郁的麒麟峰
在远天下跃动，那是
不甘寂寞的山魂吗

而伫立默祷的观音石
似乎也沉浸于梦的碧海
流连一弯金黄的新月

文明的足音已在深谷回响
一旦被她发觉，便无法躲藏
最古老的将会最年轻

鸳　鸯　溪

候鸟不入闹市
为了躲避丑陋的人
忠贞爱情的象征
如今难觅乐土

在鲜见人迹的僻壤
曲溪杂木交柯
苍岩直落千万丈
深谷清音流淌

美丽的梦蒙在淡雾
飞翔的花引动群芳
山影印着树影
露珠滴滴晶莹

曾几时一切映在银屏
思想起怎不惊心
人类缺乏宽容
私欲吞噬自身

竹山笛音

竹山晨曲

每一根毛竹都像一根羽毛，
——这葱绿的透明的羽毛呵；
当竹山从晨雾里醒来，
仿佛有无数只绿孔雀在啄食嬉闹！

科研小组

他们熟谙鸟音， 他们更懂得竹的语言；
那肥硕的笋、茂盛的叶，是他们的诗篇。
有人说漫山朝露，是他们洒落的汗珠；
他们的心，深扎在地底，又巡弋于空间。

采育队的女子

像新竹那般秀，像春笋那般犟，
敏捷如小山鹿，轻盈如花蝴蝶。
竹山哺育着你，你哺育着竹山，

你把青春交给它，它让青春永不褪色。

空中流着一条河

莫不是竹山在起劲地拔河？
座座翠岭，齐拉着一道钢索。
呵，空中流着一条毛竹的河，
飞越崇山，直注建设的洪波！

绿色的雨雾呵

二月竹山，撑起雨雾的纱帐，
绿色的梦里，希望的湖在涨；
淅沥，淅沥，可是繁根吮吸？
竹山呵像春笋，在蕴蓄勃发的力量。

竹 林 深 处

听得见鸟语，觅不着鹧鸪，
碗口粗的竹，仁立碧玉一柱柱。
温润的土，多么富有弹性，
脚底似有无数生命在顶触……

春笋，春笋

记着细雨的叮咛，
变作一颗有生命的钉；
从结着碎石的土层钻出，
用上升的脚步，记录寸寸光阴。

护林员走来了

每一片竹叶，都是你的眼睛，
每一根枝丫，都是你的神经；
斗笠上移动着竹风的影，
远处，传来啄木声声，和着你的足音……

紫　云　英

在深秋里播种，
播在空旷的稻田，
在寒风里萌发，
长在严峻的雪天。

为了一个平凡而又
崇高的使命——肥田，
生存，发展，把太阳的光
变成绿色的火焰。

当阡陌结满冰凌，
是它们的呼吸把霜雾驱赶；
坚定地站在秧苗的位置，
守护丰收的摇篮。

当布谷鸟弹响春的琴键，
你绽开了紫色花儿万点；
无意与群芳争艳，
热烈呼唤破土的犁尖。

献出花，献出叶，献出根，
让生命融入进军的波澜；
化作泥，化作水，化作肥，
让蓬勃的秧苗占领春天！

护 林 员

他的背驼了。
他把挺直的脊骨，
交给了杉树。

他的头白了。
他将葱翠的年华，
植在沃土。

他走在小路上，
像是灵敏的手指，
在弦上轻抚。

他蹚过小溪，
那流着树影的溪水，
捎来了深谷的传呼。

迎着他的视线，
一列列树的队伍，
无声地报数。

迎着他的笑容，
密林温馨的呼吸，
沁满他的肺腑。

他太倾心了，
这山上的一草一木，
连同那密语的鹧鸪。

他太倾心了，
这针叶上的每颗露珠，
他都能尝出是甜是苦。

……风声，雨声，
山林像搅翻的湖，
他的耳膜是帆，牵引沉着的脚步。

……云里，雾里，
山野的梦多么酣热，
他把心，悄悄拴上每一棵树……

1980 年 3 月

万 木 林

万木林在建瓯房道乡，面积 189 公顷，原为一片
人工林，已有 600 年历史。

一

一片郁闭的森林，
构成一座圣殿。
阳光和月光，
以及风与雨，
在这里细细地
雕琢了六百年。
所有美丽的虫与鸟
以及大、小动物，
都由大地安排，
在这里获得自己的空间。
人，自觉地站在圈外，
把严厉对着自己，
每一根树枝，
每一根草，

都有无上尊荣。

二

沿着一条平缓而又曲折的小径，
我们虔敬地走入万木林，
仿佛正在排练的剧团
骤然停止，密布舞台上，
所有演员都向我们注视。
仿佛置身于剧情的某一瞬，
有巨大的力量震撼心灵！
你好，木荷、苦槠、虎皮楠，
你好，冬青、肉桂、红豆杉……
你好，你好，不知名的朋友！
不要让我们的脚步
惊扰你们的梦，
让黄鹂和画眉的歌声，
把我们引进更深远的故事。

三

在一樽酷似老妪的树根前，
向导停下，向我们讲述
万木林的由来。

所有善行都源自怜悯，
以植树代赈，
帮助村民度荒，
是杨氏宗爷的创举。
前人种下的漫山松杉，
如今几乎不见其踪影。
这片人工保护的山地，
密匝匝的都是野生阔叶林。
说不清这六百年间的
某一段空白，
也许自然选择更强有力，
人的意愿并不每每与天相契合。
然而，人应永远记着，
大自然对人的滴水之恩，
总是涌泉相报；
而当人忘恩负义，勒索无度，
大自然的报复也必然冷酷无情。

四

本应是普普通通的事情，
山应有密密的树，
就像人应有密密的头发。
如今却要跋涉多少的路程，

才能见到一小块心的绿地。
注视着老向导——老护林员
树皮一样皱的脸，
思想盘桓在浓云一样的树冠。
没有树一样忠实的人，
绝不会有成功的事业，
时间，绝不会收留虚假。

五

一株株笔直的乔木，
展开深绿色的大氅。
像无数群巨大的鹰，
扑扇着翅膀追逐阳光。
踩着软软的土径，
好像自己也是一只蹦跳的鸟。
温暖而潮湿的空气，
水一样飘浮野花的眸子。
目光凝视苍藤，
草书一样费人琢磨，
万木林在我面前，
翻开一万页书。

1990 年 3 月

山间小路

一

我相信这小路永无终点，
它连接一座山又一座山。
每一个顶点都是它的起点，
它的曲线，显示生命的波澜。

二

小路呵，山间的小路，
它最古老，可又最年轻；
它像皱纹爬满山的脸，
它更像犁沟，春天在耕耘！

三

谁能读懂小路上
一层又一层的脚印？
这是一行行血汗的字迹，

把心牵引到创造的诗境。

四

这小路上有翠绿的天空，
这小路上有飞翔的阳光；
是树涛滚过大山的键盘？
小路上的脚步一起歌唱。

五

那打赤脚的老哥，我记着。
那穿草鞋的小妹，我记着。
他们白淌的汗水已经太多了，
让他们自己驾着小路，奔向辽阔吧！

1981 年 4 月

林溪之歌

温温的清甜的空气，
弥漫在初醒的山谷，
静静地，叶在呼吸，根在呼吸。

溪水像活泼的小山麂，
从大山的臂弯里窜出；
一阵轻风，撩动交柯的繁枝。

我涉溪而上，被溪水
卷动的卵石，咕咕响，多么亲昵，
密林在我面前时开时闭。

野菊星星，露珠点点，
与斑斑的日影叠印交织。
冷的绿里，透出香的暖意。

蓦地，荆丛里一只山雉飞起，
衔着霞光，从林梢消失；
一组美妙的旋律在溪谷传递。

捡　　栗

来到了生产队的林地，
我们在这里宿营，捡栗。
嗬，树是多么高，林是多么密。

踏不进脚，坐不下去——
林荫里铺满肥硕的栗，
像无数小小的刺猬结集。

成熟的果呵，胀裂带刺的甲胄，
像微启的眸，天真而好奇。
听，簌簌簌，叶缝里又筛落刺的雨。

粘在斗笠，粘在肩，粘在背脊。
手指掰呵，掰呵，疼得喜滋滋。
竹篓装呵，装呵，垫不满心的底。

天黑了，燃堆篝火，煮栗粥。
带刺的壳在火里蹦，多香的烟气！
且按住话题：收购价，赶集……

来，咂一匙稀烂的栗糊糊，
甜透了心呵，甜酸了齿。
山里人尝到了大山酿的蜜。

1981 年 5 月

第三辑
线之舞

于右任书法

总要让心中魂
鱼一样自由地游
总要让胸中墨
鹰一样泼向天空

从民族起源的高原
驾着黄河驶过千年
从石头里活着的文字
品味思想的力与趣

手腕与心灵形成默契
纸与笔也演成自然
令媚俗者更为可憎
让人间正气长留天地

1991 年 1 月 8 日

线 之 舞

从繁复里抽出一根丝
从厚重里理出一条线
随时空动，随笔端走
用心灵寻找有与无的界限

淳朴的山之子
初衷至老不变
一次又一次覆盖自己
一次又一次掘出一线天

潜游于万山迷蒙
悬探于断崖千丈
石碓沉沉，老屋森森
雨雀啾啾，野渡悠悠

历史沙滩上能留下多少
深信只有文化
回顾无悔，前瞻无愧
但愿人长久，墨舞永翩跹

管桦画竹

投一束光
照进最幽深处
墨叶纷披
托出一管
最壮硕的竹

只二三节
充盈尺幅
润如玉
挺如柱
惊退所有阴影
心灵为之欢呼

笔端行走千山万水
只这一刻凝住
瞬间的挥写
激情和泪倾注
把时间移进空间
将魂渗进物

文字已难以承载
形象从心底跃出

伸张艺术的气节
宣示真正的美
顶天立地
义无反顾

奋武印象

平易朴实如山溪古渡
对所有的热情都不回避
宁静淡泊如石上清泉
于喧闹里耕一方净地

古老的方块字在他笔下
变得这样灵动神奇
结体中可窥见隐藏千年的心迹
凝思处似有洞箫吹皱一江涟漪

以生命去体验艺术的真味
以心血去揣摩自然的启迪
于雅俗之间掘出一道险径
将无限风光展示得淋漓尽致

沉稳如老道观星
活脱如茁兔惊矢
飘逸如鹰驭长风
奇谲如藤挂苍枝

是大方家而不脱离大家
是大手笔而不囿于纸笔
妙语连珠已有哲人风采
天真烂漫又似六龄童稚

农民根艺家

也许是源自
长期被埋没的经历，
你对地底下的根
有一种特有的怜惜。
你用种田人粗糙的指头，
小心地掰开岁月，
从蓬乱的树根里
寻觅熟悉的形象。
你与树根对视，
凝思如石，
就像老牛在静静地反刍。
渐渐地，
你听到了它的脉搏，
你看到了它的呼吸，
你落下了刀剪，
于是一个新奇的造型，
便在月光的惊颤中
破壳而出！
几乎是神来之笔，

拙朴中透露无穷真趣；
仿佛是遵循天意，
神似与形似
达到美妙的统一。

当赞美声与好运气
纷至沓来，
你没有松弛满脸皱纹，
你用浸透汗水的十指，
触摸根的每个新生命，
一任
心的细泉流淌……

吴冠中的《松与海》

面对蓝灰的海
面对咸味的风
高举一簇绿焰
生命不息波动

如一丛鲜花摆在玻璃窗台
如一个少年放牧白云蓝天
框得住无边境界
写不尽彩墨几点

让胸襟常是一幅素纸
让岁月与光荣都沉淀到底
与大自然一起浩叹歌吟
以最天真的韵律表达深思

题林风眠《秋》

从浓重的灰墨里寻求亮色
从无尽的压抑中寻求开阔
心里头是什么倒出来就是什么
情绪的大自然，由浑浊渐渐清澈

对传统的挚爱与反叛
于彩墨的突破中获得和谐
孤鹜一行飞向冥想的星座
霜叶如丹映照林海洪波

陈子庄的画

就像出土文物一样
作古十年后才为人所识
十年间卖不出一张画
哦，一百年也不够做把尺

写眼中景，绘身边事
山野情趣，平实如泥
情感历史寄寓点、线
师古化古盈盈新意

几乎都是飘过的影
不经心则失之交臂
最热烈的依于最宁静
一只翠鸟弹落蕉雨数滴

题凡·高《星月夜》

如雪花旋舞

如群蜂嗡鸣

如焰火之雨

如航灯骤乱

如坚岩上溅起的水花

如搅动的心与心

如铁锤砸在钢琴之一刹那

如狂风吹落一树金橙

屈辱与自尊的搏战

强力拉斜星天

种子抵破硬壳

花朵怒放无边

致老诗人蔡其矫

一棵一直在开花的老树，
枝干盘曲在
布满苍苔与海藻的礁岩。
以自己的根须寻索，
痛苦与欢乐滋润着生命。
避开通天的坦道，
以不停的跋涉，叩问
心灵的曲径。
那充满个性色彩的语言，
是你独特的手杖，
长着许多硬结和坚节，
仿佛有第三只眼睛，
刻在宽阔的额头。
生命坚忍地持续，
诗句像长着翅的果子，
率真地飞向
起伏不定的地平线……

白　荷

在这充满写意的年月
你默默地选择了工笔
在这秤杆灌铅的画坛
你以生命的金线细绣心迹

一张素纸，铺开你的天地
万种纷扰，摇不晃你的笔
如苦笋从碎石间拔节
如野菊悄悄地散发清气

用最深挚的爱表达乡情
记忆里常有一条月光的溪
山的倒影里飘过渔火
翠鸟惊散竹叶的细语

你在自己的画中行走
绿坡起伏，无边无际
毫端的线，晨风般畅快
而心每一步都在披荆斩棘

从山野获得最新鲜的营养
让泥土的魂渗透自己
赞美和蔑视都如雨滴
蓝蓝的雾里，一枝白荷兀立

梧　桐

无论把我放在什么位置
只要有泥土，只要有空气
我愿和大家站成一排
只需拥有一个共同的名字

何必仰慕常青的殊荣
我们的欢乐属于四季
寒冬里让出每一寸阳光
炎夏里张开密密的绿翼

不怕利锯将我怎么修理
就剩一根桩也葆有一泓气
只要是：需要我在这里
我就能成为天地的骄子

必须献出的尽管献出
从不追求孤独的美丽
必须执守的死要执守
决不背叛脚下的大地

任骄风驱赶我的影子
任积雨评点页页日记
我默默地亲近生活
孕育属于永远的果实

1992 年 10 月

榕

苍老的巨榕，
南国最庄重的造型，
生命于抗争中
矗立的建筑。
树身即是树根，
岩石般凝重，
龙蛇般矫捷。
气根垂地即生根，
盘曲中又凌空直起。
密密的叶，
浓云一样形成伞盖，
每一条细须都串着情感，
汲取天地精气，
散发淡淡清香。

自然界里没有一朵黑色的花

自然界里没有一朵黑色的花
即使是深夜里开放的昙花，
也像是天空中皎洁的月华。

自然界里没有一朵黑色的花，
正如所有燃烧的东西绝不会是黑的，
所有花朵都是热情地迸发。

自然界里没有一朵黑色的花，
凝重的黑，属于深沉的大地，
而花朵，是大地捧出的朝霞！

为你写一首诗

为你写一首诗
带电的我
写给带电的你
为你写一首诗
但愿咫尺千里
变为千里咫尺

为你写一首诗
将深藏在内心的火焰
再深藏进文字
为你写一首诗
让五彩的花瓣
化为月影的迷离

为你写一首诗
让情绪流向最远的天地
为你写一首诗
让感情的季节
永远留在夏日

边走边唱

一

总想造一只舟，
能载起沉重的生活；
总想扯一片帆，
能升起真实的姓名。

二

在河汉里旋，
在荷叶上弹跳，
雨，大颗大颗地打……

三

岁月呵，不要让我
这样进化——
脸，变成柚子，
心，变成核桃。

四

雾在脚下升起，
身如风筝飘去，
而紧紧牵住的那条线，
却仍拉在手中。

五

月如镜，
映着地球
斑驳的脸。

六

把自己关住，
不只是等待成熟。
而是像果核
护住仁。

七

不要让阴影

罩在你的前头，
而要坚决地
把它甩到身后。

八

枝头的风景，
属于风。

九

他的身后是大山，
仿佛他的微笑，
是山的表情。

十

历史，
拒绝反悔。

十一

太多的色彩，
如太浊的水。

游来游去，
只为寻找
一滴
属于自己的墨。

十二

时间，不会宽容
游戏它的人。

十三

为我自己高兴，
我不是
浪费时日地活着。
为我自己高兴，
我终于懂得，
怎样把痛苦
研成良药。

有一种感情

有一种感情永远无法说出
语言恰是它的屏障
有一种感情只能永远珍藏
可它确是生命的翅膀

有一种感情永远游离不定
到处是路，也到处是墙
有一种感情永远在远方
注定的错过，永远美丽的惆怅

雄鹰迪斯科

——观残疾人艺术团表演

不甘命运摆布的骄子，
两只伤残的鹰。

从灌木丛里，
凌厉地
直冲高空。

任风撕雨泼，
扬翅如帆，
铮铮傲骨，
横亘天际。
渴望中的纤索，
时接时断，
滑动的重心，
在翻覆中保持稳定。
痛苦逼近的呼号，
与天地共振。
无可捉摸的轨迹，

出没于幽明。
触及美的电极，
闪烁生命的奇异！

强烈的节拍，
传导着强烈的力。
空中的海倾倒，
感情的浪激飞！

　　　　　　1994 年 2 月

只要……

只要我按下这一组数字，
就会有串串铃声呼唤你。
只要轻轻一声"喂"传来，
心灵之间马上接通。
语言转为电流，
在你我周身发烫地周旋。

只要我按下这一组数字，
就会有执意的铃声呼唤你。
只要轻轻互道一声"你好"，
感情的潮水便有了河道。
我的浪头撞击你的浪头，
声音于瞬息凝作磐岩。

感情固然富有空间

感情固然富有空间，
理智却有道道防线。
熔浆慢慢凝作石头，
用冰冷包住了火焰。

这是人世间最难的工程，
将错开的时空拢于瞬间。
欢乐的梦是多么别扭，
睁开眼寻不着碎片。

人的愚蠢真是不可救药，
得不到的往往最迷恋。
徜徉在昨日的对岸，
任忘川流淌到天边。

诗　情

无法招之即来，无法挥之即去，
总有一道影扰动着我。
而当你突然像春光一样出现在我面前，
一瞬间便把我与你融合。
灵魂的所有窗户都打开，
语言像惊恐的小鸟飞远又飞近。
一时手足无措，
所有细胞都在呼喊，
天地的一切都退隐身外，
忘却悬岩与峭壁。
浪潮铺天盖地，
一阵又一阵激起，
像要淘净所有的岁月。
泪丝淋漓，
一道道伤痕呈现于白纸的沙滩。
生命在无拘无束地歌唱，
摇曳在一丛丛黝黑的树枝上……

把诗味含在嘴里

把诗味含在嘴里
不要轻易把它变作文字的泡沫
把诗味含在嘴里
不要轻易把它变作语言的云雾

把诗味含在嘴里
让感情的酶多一回化合
把诗味含在嘴里
让思想的闪电再藏入混沌

把诗味含在嘴里
让所有忘却重新苏醒
把诗味含在嘴里
让所有的记忆变作一片薄冰

把诗味含在嘴里
让胸中的丘壑溶作细浪
把诗味含在嘴里
让百年孤独找到万里回声

诗 的 天 空

诗的天空似乎有最大的宽容
最愤怒的雷霆
可以在那里炸响
最浑浊的感情
可以在那里飘荡
所有思想的花与刺都变作虹
在那里闪亮

诗的天空似乎不怕污染
因为这里有最强的宇宙风
诗的天空有很多星座
也有很多流星
诗的天空有白天也有夜晚
清晨升起哲理的太阳
夜间朗照艺术的月亮

诗 的 大 地

诗的大地好像是肥沃的黑土
洒一把浅薄的泪水
就可以长出扎人眼睛的胡楂

诗的大地甚至是一片荒漠
游动的魂像驼的影
何处是绿洲
诗的大地十分干渴
可以蒸干写诗人的血

自　　语

回忆一个细节，
一个刻骨铭心的细节，
不怕将时间丢失，
不怕将一切背景丢失。

回忆一个感觉，
一个刻骨铭心的感觉，
不怕将细节丢失，
不怕将时空秩序颠倒……

画者心中交错着矛盾，
于是可以说，所有好的画
都是心画——
为了超越现实的极限。

所有的记忆都是破碎的，
因此，将它们重现时，
肯定是变形的。

回忆的洪水冲刷着心的河岸，
山峰，岛一样浮现。
那几株柿子树，
挂着金黄色的果，
成为唯一的花。

情绪的雾肆意弥漫，
溶解本该忘却的阴影。
那若隐若现的石阶，
驮着岁月的脚步，
秋雁般盘桓……

挤

有河道的地方
水才挤
有阳光的地方
草木才挤

拥挤的坝头
总见到拥挤的水
喷出最壮丽的花

最寂静是雪野
一切缩到地底
那是冰冷的等待
属于拥挤的梦

让一切都有机会
声音如蜂群放出
让所有的心灵都飞起
让风簸荡

钻

像鱼一样
在翻滚的水里
所有的水都是路
所有的水都像网

有无数条
经线与纬线
每一刻都是坐标
每一刻都是
终点与起点

于是要钻

像一根针
牵引希望的彩线
不断地游
而让丑陋的针脚
留在背面

期　待

不要让我们
在一个无聊的时刻邂逅
不要让我们
在一个彷徨的日子碰头

期望那一天，我们
虽然隔得远远
都同期拉响
惊喜的汽笛
不要在一个
太焦急的站台
不要在一个
太激奋的喜宴
不要在一段
缠绵凄恻的文字里

期望在微波荡漾的峰影里
加入我们的目光，加入荡漾的魂

旋　　转

在节拍里旋转

有节拍与无节拍的情感
无节拍与有节拍的步子

旋转总要聚合些什么
旋转总要甩掉些什么

在节拍里旋转

形成一个个旋涡
忽明忽暗，忽升忽落
就这样磨，就这样研
就这样
退与进

在节拍里旋转

噪　　音

噪音多了
听得见的
听不见的

噪音从地底冒出
噪音从天空撒下
噪音的细雨
抖落所有的时间
抖也抖不掉
抹也抹不完

且将噪音吸进肺
由生长的肌体去处理

从噪音里去寻找
另一种和谐
从噪音里去沉淀
另一种清新

怀　旧

怀旧是一种最任性的候鸟
在生命与情绪的季节
飞来又飞去

怀旧是一剂清醒剂
繁花乱眼
头重脚轻时
如一股清冽的风
拂去虚浮的积尘
让人看见
真金的光泽

怀旧也会是一碗糊涂汤
灌得人晕晕浑浑
忘记了日子是长腿的
忘记了每天的太阳
都是新的
候鸟呀
我这里没有永久留驻的树枝

让人们率领拥有的全部时间
匆匆向前

1998 年 2 月

知青返乡

一个值得纪念的日子，
好像磁铁一样，
将散落四方的碎屑吸聚。

四十年后重逢，
忍不住哼起一首歌，
好像只剩这一首歌。

山有些变，水有些变，人有些变。
当年被大风吹来的各式各样的种子，
有些在那里长成了大树。

当年栖落的那群候鸟，
曾叽叽喳喳，搅动云和雾。
那群候鸟又飞哪里了？

河水不会倒流，
留在生命上游的梦，
仍是一个梦。

今天山里的年轻人都想飞。
使人霎时发觉：有的距离拉远了，
有的距离拉近了。

有一个遥远的地方，
有一个美丽的地方，
在当年知青的记忆中；
有一个美丽的地方，
有一个遥远的地方，
在新一代山民的想望里……

人　际

我听不见你的声音
你也听不到我的声音
尽管我们不全是
低声说话的人

这个世界太大太大
每个人面前都有一片海洋
这个世界又太小太小
人与人靠近了，又透不过气来

没有意思往往就是没必要
给自己浇冷水
是一个基本功
最热闹的时刻
往往是最寂寞的时刻

心与心在寻找
就像所有的元素
都在寻找组合

不是在碰撞中擦肩而过
就是在碰撞中
融成一起高歌的波浪

不想……

不想浪费表情，
让喜怒哀乐在心头装着。
不想浪费表情，
不想浪费这些生命的元素。
遇着好的风光，在心头装着；
碰到坏的天气，在心头装着。
交上好运，记着这是一次偶然；
撞着霉头，权当它是个必然。

将心态调整到平衡，
就像将钟表校对到标准时间。
平平常常地看待，
从从容容地应对。
保持着一个原动力，
就如监护着一个核能，
不要让丝毫有害的逸出，
让生命之火隐秘地燃烧。

一 种 眼

这是人独有的眼，
灵敏胜过狗，
锐利胜过鹰。
对于有权势的人，
这眼里含着谦卑与柔媚；
对于用得着的人，
这眼里闪着和蔼与关切；
对与自己对等的人，
这眼里露着虚伪与恨意；
对处于自己之下的人，
这眼里射出狂妄与鄙视……
这眼神处处可见，
好像是从一个很深很深的暗沟里
散发出来的臭气，
弥漫在空间，
你无法逃避。
碰到一个又遇到一个，
在经历许多恼人而伤人的教育后，
我学会了接受。

我把这些目光收集起来，
贴在我生命的邮册，
让这些恶之花变成标本。

我会更努力地寻找真诚。
虽然真诚并不像阳光普照，
但真诚的目光，
却会透过最平常的事，
就像阳光透过无数的绿叶，
让我获得清新的氧气……

恍

好像地球的自转陡然加快，
生活旋转起来，
许多人被甩落，
许多人被抛在命运的半空，
像蒲公英一样扬起又落下。
天空忽然变大，
脚底忽然变窄，
像在拥挤的人潮中，
突然松开妈妈的手，
回家的路在哪里？
碰呀，撞呀，
新痕条条，旧痕斑斑，
终于认清了自己认清了别人，
终于稳住了重心，
定住了眼神，
抹一把泪，走……

演习警报

警报拉响了——
这带有几分恐怖的长号,
一下子就淹没
闹市所有的声音。

好像惊恐的蚁群,
人们迅速疏散,
逃避头顶的天空。

仿佛一场远逝的龙卷风,
在一个特定的季节,
又卷土而来!

警报拉响了——
久违的号令
让人心惊!

这难听的声音,
撕破生活的布景,

像一条无形的鞭，
把我们赶出浑噩！
让我们记起——
埋伏在
远方地平线下
带刀的乌云！

发 菜 谣

发菜，卑微的发菜，
只因为一个谐音，
而被天下富人青睐。

于是，成千上万的掘菜人，
蝗虫似的落满
贫血的草原。
为了寻觅那一根根
头发丝似的干草，
将一片又一片草坡掘烂。

贪欲，如宇宙的黑洞，
吸尽良知的光。
贪欲，引发疯狂。

于是，曾有一路绿灯，
任由这惊天大破坏
瘟疫般蔓延，
全然不顾那

饿虎般的沙暴，
就蛰伏在近旁！

天苍苍，野茫茫，
问何处
风吹草低见牛羊？
我仿佛看见
那被揭了皮的草原，
在烈日下抽搐，
如同被揉烂的
报纸一张……

休　渔

是对无休无止的否定，
是对无穷无尽的否定，
是愚蠢的终止，
是理智的猛醒。

虽然来得晚了，
还是值得庆幸。
让焦躁的海
获得几个月的安宁，
让海里的万物，
不再痛苦呻吟。

渔船圈进港湾，
渔网晾在海滩，
渔民的梦里有了月光。
让该成长的成长，
让断了的生物链
又重新悄悄接上……

这绝非人的宽宏。
人的自私已使自身
陷入危机重重。
拉紧滑落的命运,
人必须命令自己
谦恭地面对世间万物,
学会节制,学会和平。

乌面妈祖

妈祖，
乌面的妈祖，
望着你，
就像望着
闪着泪光的夜空。
无比深邃，
又无比亲近；
无比庄严，
又无比谦卑。

夜空一样的黑，
那蓄积无限光明的黑，
可是人们
对幸福、安宁，
最深的寄托？
夜空一样的黑，
可是人们
对无私、清正，
最高的赞美？

青竹一样纤弱的女子，
对手竟是狂暴的大海；
一次次奋不顾身的救难，
浪涛中耸起冲天的碑！

红梅一样吐蕾的女子，
梦中叠印的都是片片远帆。
短暂的生命殒于过度劳累，
青春凝作海峡之魂……

妈祖，
乌面的妈祖，
让人们相信，
你千年的沉默
可以收尽孽海惊雷；
妈祖，
乌面的妈祖，
你让航海人的心头，
一直照耀
大地母亲的慈悲……

将彩带系着的你的
雕像挂在胸前，

捧着你，
乌面妈祖，
回家的路上，
游子心如磐石，
敢把任何风波踏平！
将红布披着的你的
雕像扛在肩上，
拥着你，
乌面妈祖，
会亲的时刻，
谁不如痴如醉泪雨飞？
我们同一妈祖，血浓于水！

妈祖，
乌面的妈祖，
望着你，
就像望着
亮着渔火的夜空。
无比浩渺，
又无比真切；
无比朴实，
又无比瑰丽……

2001 年 9 月

重　　逢

二十年后又走到一起，
是什么
把这些碎片吸作一块？
没有生锈的，
是那颗青春的心。
碎作万片，
也是金属的。

乍一见，
真不敢相认。
细细谈，
记忆中的你
又渐渐清晰……
真诚是最明亮的太阳，
任何云雾
都会被驱散。

为什么有这样持久的关切？
为什么友谊变得这样具体？

中年的沉稳不属于我们，
只要我们手握在一起，
我们就是最年轻的火焰。

不仅有酒杯的磕碰，
更有观点的交锋。
可是，相同、相似的始终是大多数。
我们不是同一种血型，
不是同一种气质，
但也许在心的最内层，
支持我们的是同一种秘密。

1989 年 2 月

我心中的画

又到了清明，又到了这个日子。
我想画一幅美的画，
寄托对周总理的哀思。

我想画他俊逸的眉宇，
可是我怎能画出他的眼睛？
——这眼中的春光，这眼中的诗……

我想画他宽阔的背影，
可是我怎能画出他的手势？
——这手的力量，这手的话语……

我想画巍峨的高山，
可是山雄奇又缺失平易，
——他是坦荡的大地呵！

我想画深邃的大海，
可海严峻又缺失和煦，
——他是透明的雨滴呵！

……我苦苦地构思，
我一次又一次否定自己，
我痛责我无能的笔。

我推窗凝望绿野，
湿润的空气，弥漫春的气息，
我发现了，萌发他生命的种子！

我下楼奔向溪滩，
欢畅的溪水，传来山的足音，
我听到了，听到了他的呼吸！

蓦然，一个灵感
飞进我的脑际，
我把它栽进白纸。

——我画了一抔土、一杯水，
浸着我的泪，溶着我的心。
我用这素洁的花，向长空遥祭。

1981 年 3 月

面对一幅历史照片

三十九年前，
一大群作家
刚开完会，
聚集延河畔，
和毛泽东
一起合影留念。

他们站在一起，
像出土的笋，
渴望把翠绿
泼向荒原；
他们站在一起，
像磨利的箭，
渴望斗争的强弩，
把自己变作
报春的燕。

他们中，
有的来自"亭子间"，

有的来自火线，
带着各种各样的声音，
举着各种各样的帆。
今天，
他们的眼睛
一起看着前面，
他们看到大海，
看到灯塔——辉映
他们的稿笺。

他们不再像孤雁
往苇丛里钻；
他们要扬起长鬃，
让雷声震动
万里长城的
每一块方砖。

他们的眼睛
一起看着前面，
穿越时间，
穿越空间，
他们在合唱，
唱一首
空前壮丽的诗篇！

花朵的护神

你的眼细眯着。
听诊器里响起
轻微的脉搏。

就像是静穆的山谷,
让小溪流的歌
在心头撞着,撞着……

眼角的鱼尾纹,
微蹙,又舒展,
思维在把病因捕捉。

年轻的妈妈的眼里,
有多少话装着。
你听得见,那感情的波浪。

你平稳的神色,
不仅表达自信,

更是荫凉，抚慰焦灼。

笔尖在处方笺上
谨慎地行走，
像诗人把每个字眼斟酌。

多少次你把病婴，
从死神的手里夺回，
使破碎的心，融为明月。

一页页病历卡，
像一张张树叶，
写着你的年华，
写着你的心血。

你穿着白大褂，
你的头发似雪，
而你是燃着的火。

1994 年 12 月

雨　花

踏着雨花石
铺成的甬道，
一步一步向前跨。

她手里捧着鲜花，
她头上跳着一朵花。

走在五彩的路上，
脚下是凝固的花，
多少双眼睛看着她。

她不是小蝴蝶呀，
她心里兜着很重的话。

她是苗圃里长出的芽，
可她也曾经历过风沙。

红领巾在飘动。
晶莹的泪像露珠，

挂在她的脸颊。

她告诉烈士，放心吧，
我们是新一代的雨花！

湄洲导游女

你面前
没有任何的墙

从远处看见你
心就打开
让你的笑声飞来
让你的发影飘近
让你的眼睛映入
我们的眼睛

无形的芬芳
弥漫在语言
无形的彩线
串起遥远与今天
忘情地讲述
真挚地说服
使人放弃一切抵御
一任亲切的故事
占领疑惑的时间

感动因为你
因你而信有神
美好景致
需要美好的人
需要美好的心灵
去赋予山川
去净化天空
净化风
净化魂

第四辑

诗之旅

将乐玉华洞

水与时间的坚忍作品
在黑黝黝的溶洞里
经历了无数排列组合
先于人之前创造了"人世"

也许是地下河的水声
透露出最初的信息
冷冽的风吸着火把
使第一声惊叹回响几世纪

一切都符合美的法则
仿佛这就是造物主的模具
万变的云藻，崔嵬的雕柱
卧崖的猛虎，报晓的金鸡

目光被幽幽叠影召引
于梦中游，更于谜里痴
叩击如钟磬之音盈溢
摩挲如触着神的手指

时而蛇趄蜗行
时而豁然开朗
折腾里充满无限欣喜
欣喜中却又有无名的恐惧

跟着地下河的脚步
不断调节心理的四季
及至洞口，方如拨开重重帷幔
生活，毕竟不能凝固在梦幻里！

建瓯归宗岩

岁月的无尽奇想，
通过树木的巧与韧，
将一座古老石山，
雕塑成玲珑园林。

苍苔覆盖的青岩，
笼着密密树影，
色彩杂驳的落叶，
铺满树根浮凸的小径。

与树洞一样多的是山洞，
或以一扇孤石为屏，
或由几方磐岩叠构，
树涛在其间获得音韵。

更有石崆滴泉，沿着
绝壁垂下的野藤。
水花溅在竹亭盖上，
晴朗的眸子里雨丝蒙蒙。

狂草题刻夹着梵文，
使深谷平添几多神秘。
似有悠远回音从石间响起，
感受得到有形与无形的生命。

最奇绝的是一柱石峰
峰顶的放鹤亭，如一柱莲，
凌波矗立，云朵入怀，
心从蓊郁里升腾。

溪源庵行

以对原始植被最细心的爱护，
沿一条隐秘的小溪辟出进山的路。
巨蟒一样的老藤抱着岩石挽着树，
秀美的竹柏撑起叠叠遮天的绿幕。
透明的溪水悄悄地捎带几声鸟语，
似有一支远古的谣曲流出大山深处。
湿湿的苍岩上粘着几片鲜亮的红叶，
淡淡的雾团如宣纸上渗透的水珠。
似有彩色的细雨随峡谷之风飘洒，
有一种新茶般的清香丝丝沁入肺腑。
心如秋雁翱翔在无碍的空明，
感情的翅膀在阵阵激动中忘情扑舞。
触痛往昔伤痕，袒露真实的灵魂，
虔诚地走入大自然宽厚无边的祝福。

太　姥　山

仿佛是巨型卵石垒成，
无边的弧形波浪，
在一瞬间凝作雕塑群。

生命的万千形态，
都以最简洁的写意，
溶入这石头的交响。

想象的潮水从悠远奔涌而至，
在不同层次的视角里，
激溅悲喜的回音。

没有一处奇境拒绝人的登临，
但要获得鹰的潇洒，
却须付出蚁的坚韧。

这就是路——巨岩间的一线裂隙。
这就是路——洞串着洞，
让你如冲浪般螺旋而上。

细泉于不知处淙淙流响，
像在计数人湿漉漉的步子；
野雀在极高处啄着亮光……

焦渴中欲罢不能，
闪过身已踩着云层，
巅顶的风多情得使人丢魂！

与山脚下的远跳不一样：
梦中九鲤就在跟前呼啦蹦跳，
看得清时间面颊上最动人的表情。

最难行的路往往隐藏不露，
最深刻的美用眼睛难以发现。
云中太姥与你相视而笑。

洞宫山短笺

虹　　溪

告诉你，这是条独具魅力的小溪。
它的河床，好像是从整块赭红色的巨石中凿出
　　来的。
至清的水，轻绸似的从赭红的河床上流过，
在翠绿色的阳光下微微抖动，
像最清纯的生命。

它从郁郁苍苍的柳杉群落的身影中穿过，
它从肖似蛇头、龟、田螺、蟾……
一群天然的岩雕中穿过，
它从秋收后的稻田穿过，
穿引着许许多多山花一样耐人寻味的故事，
它是无穷无尽最纯洁的生命
织成的虹。

洞宫双湖

千米高山上的人工湖，

像两颗碧绿的翡翠，簪在洞宫山的鬓边。

从高空上俯瞰，也许还像一条盘龙的双眼。

历史进入今天，贫困山区的人们发现

水是帮助他们脱贫致富的宝贝。

如同集资办事一样，山民们挪出了祖居百代的
    村庄，

将所有的涓涓细流聚集在一个大大的金饭碗。

荒凉的记忆渐渐沉入水底，

新生的希望渐渐丰盈。

恰巧印证了此地曾是龙宫的传说，

所有美丽的山峰都在明镜般的湖面找到舞台，

麒麟山摇头摆尾更显活泼，

小鹰峰昂首向天，展翅欲飞……

象征团结就是力量的水，象征人定胜天的水，

静静地拓展山的胸襟，

改变山的眼睛。

寻访朱熹的足迹

五夫古樟

在武夷山五夫里朱熹故居附近的潭溪畔，有一株
朱熹当年手植的大樟树，至今生机盎然。

清清的潭溪水里，
有一个一千年流不走的身影。

像一抹浓云，总带着雨意，
像一晕化不开的悠远思绪。

枯老的树干，像驳蚀的苍岩，
舒展地撑起一地绿荫。

那位穷究天地之理的哲人，
多少晨昏在树边久久低吟。

他已随流水远去，隐入古籍，
而他的另一生命，仍岁岁常青。

朱 子 巷

朱子巷为五夫街一条岔巷，朱熹寓居五夫四十余年，每次外出都要经过这条小巷。

仿佛是一条穿行在深山里的小溪，
宁静、悠长，在高墙夹峙中弯弯曲曲。

鹅卵石铺出的路面，被岁月蹭得晶亮，
脚步跟着脚步，一千年悄悄流逝。

从少年负篋访贤，到壮岁兴学授道，
应有多少心的低语渗进墙，渗进石。

也许当时有许多条路横贯在他跟前，
也许他能够平步青云，只要作一些放弃。

可是他在这陋巷里踽踽独行了大半生，
贫寒跟随他走向富足的精神天地。

考亭书院

一湾碧水汇成幽静的深潭，
四围青山，都像在列坐入禅。

书院旧址，已变作棋格似的莲塘，
只有一座石牌坊刻着历史的留言。

这里是他生命长河的最后入海口，
荧荧孤灯伴他实现"集大成"的宏愿。

那当年的渡口，曾迎送四方学子，
"考亭学派"遗风流入远山远水。

河边小路牵出我雾样的缅想，
拐弯处，分明飘来一阵阵书声琅琅。

1992 年 8 月

建阳二首

谒朱熹墓

可是永生永世不愿离开河川？
长寐处竟用最普通的鹅卵石砌成。
坟包像半颗巨大的仙人球，也像坚果，
掩藏在黄竹与山茶蓬生的大林谷。
一条长长的甬道，也是鹅卵石铺就，
像在提示，空灵里有一道远逝的清流。
著作等身，传说入土时却一无所有，
只穿着纸糊的衣冠，抱一方残破的砚。
这传说像个谜，却是一个很明白的答案，
试想想，不赤条条来去，又怎能穷究天理？
后人的一对石烛台，立在墓前，
一千多年来，烛光亮了又灭，灭了又亮。
走过了讨伐者、盗墓者、寻根者、瞻仰者……
腐朽的腐朽了，奔流的永远奔流。

访 蛇 王

一条长蛇似的溪缓缓打个弯，
毛竹林的浓云将流水遮暗。
墙根像是刚刚蹿上岸的腿，
屋檐像是渗着汗的额。
险礁一样的假山青苔蒙茸，
宽敞的铁丝网罩着万蛇之园。
园主安详地盘坐在竹廊里，
脚边放一盆盖着灰的火炭。
他是众蛇之敌，更是众蛇之友，
他捕蛇，蛇也引他步入蛇的王国。
他的指头是这些长虫乐于接受的舞曲，
他的智慧也像这些生灵费人琢磨。
他本是一介文士，写剧本写唱词，
如小鸟跳在枝头，一派率真。
什么时候，白纸黑字变作蛛网？
缠着挣不脱的噩梦，他被抛到黄坑。
为征服命运，他发誓征服毒蛇，
从此后，一步步，"牛鬼"变"蛇神"。
数不清多少苦泪凝作拂晓的露珠，
记不得多少伤疤化作心灵的补丁。
迈过了不惑之年、天命之年、耳顺之年，

如今又在平静地创造属于他的年。
品啜着他亲手浸制的蛇胆酒，
血液里流进了一缕缕温煦的阳光。
阴湿的园林在眼眸中渐渐晴朗，
苍老的蛇王在波纹里竹一样鲜亮。

林中小屋

沿着这条弯弯曲曲的林间小路，
能够找到你，
沿着那条弯弯曲曲的炊烟的路，
也能够找到你。

在这宁静却并不安宁的森林里，
处处连通你警觉的神经；
在这繁华但又清苦的绿色世界里，
日夕流淌着你厚实的身影。

有山鹿亲昵舔过的栅栏，
有斑鸠上下弹跳的衣竿，
有星星野菊簪着的窗台，
有一扇与大山一起呼吸的木门……

与大森林的生存一样重要，
在人们视野难以触及的
偏远的山坳，
有一座护林人的小木屋。

京华短章

天安门城楼

当天安门城楼的台阶，
伸到普通人的脚边，
普通人的腿已不会发颤。
就凭我是一个中国人，
加上三十元门票，
我轻快登上
挂着大红灯笼的城楼。
可以在最崇高的位置
站一站，摆一摆手，
俯瞰城下。
哦，这永恒而又会挪移的坐标！
时间切开了最坚固的屏障，
时间对于人是多么公平。

毛主席纪念堂

伟大的毛泽东主席

平静地躺在纪念堂的后厅，
有两名军人庄严地侍立于侧。
您站立时，是站立的海；
您躺下时，仍是强大的磁场，
广场上五光十色的人群
一靠近您，便变成了
讲纪律的行列。
每一个从您身边走过的人
心里头都装有一句话，
尽管这句话不会相同，
但这句话的总和照耀着您。
川流不息的队伍里，
您的凝思川流不息。

圆 明 园

寻得着的就是这些
残垣断壁，
残留的美依然惊人！
就像是破碎的恐龙化石，
想象它健全时
是多么宏伟，但又不堪一击。
园址里有许多水塘，
因之构成这"万园之园"的奇幻。

可是，当年罪恶的火肆虐时，
众多的水徒有悲泣。
民族的永远无法愈合的伤痕，
一触着你，
便会痛彻心脾。
今天，当我们的自豪
又拔地而起，
我想，应该把这些耻辱的石头
砌进根基。

故　　宫

从天安门长驱直入，
沿着一条中轴线，
进入一落宫殿
又一落宫殿。
像是面对一只巨大的
从高空跌下的风筝，
欣赏着，可没有谁会幻想升天。
两厢尽是一个又一个的套院，
像一匣匣的线装书，
装着许多怪味帝王故事。
这座故宫是博物院，
收藏文明，也收藏腐朽，

可都是收藏过去，

我们活的人，

可别被它收藏！

1992 年 9 月

青 云 圃

由皇苑遁入空门
从繁华变为清寂
剩只剩竹轩映疏影
小石塘荷叶溅蛙声

情感倾向白纸
痛苦扭曲艰深
空灵中展现心灵
变形里返璞归真

哭笑不得八大山人
唯于艺术可以栖身
难言亦是可言
荆丛里奇花竞生

让脚印留在大地
形影简化为墨痕
滴血跋涉万里
行程尚在延伸

黄道周讲学处

四处漠漠沙田
举目淡淡远山
青堂瓦舍一如农人
泥径一条相牵

坎坷半生白须眉
灯下莘莘学子
修身不为蜷屋檐
忧心聚作火焰

青石盘一方似魔方
论道天行健
评说春秋振气节
如磐风雨担肩

莫道世风难违
弄潮儿挺立浪尖
漫漫长路求索
民族脊梁众建

金 陵 散 曲

钟 山

金陵城
高高隆起的部分，
像一口远古的钟。
每当风雨大作，
想必有洪涛之声，
撞响华夏所有的山岳，
宏伟，激昂，
传扬无边……

此地长眠着
一位最伟大的敲钟人，
他曾立于历史的最高处，
为了唤醒民众，
用毕生心血，
摇撼一口
尘封千年的钟。
如今，

他已回到了泥土，
他静静地躺着，
怀抱着钟。

一级一级
长长的石阶，
像一道一道
永恒律动的波涌，
进入所有的时间，
——天下为公，
——天下为公……

雨　花　石

不是玉石，
胜似玉石，
仿佛世间一切
美丽的梦，
都摄入其中。

置于白瓷的碗，
浸于纯净的水，
映射宇宙暗示，
尽收天地精华。

使一切诗句暗淡，
使所有花朵失色，
神奇的石子呵！

然而它与生俱来
离不开光和水，
离不开最朴实的东西。
不可以镶于珠冠，
不可以串于玉腕。

置于白瓷的碗，
浸于纯净的水，
让光和影，
自由自在，相荡相摩。
与一切浮华无缘，
让所有多情的眼，
更加多情。

乐山大佛

在沫水与若水的交汇处
风波不定，天高地阔
几辈人用两百年
将一座山凿成一座佛

所有献身者
都化作大佛的骨骼
所有心灵的呼喊
都凝作庄严的沉默

万古激动撩不乱心境
目送潮汐星飞月涌
香火余烬纷纷散落
螺髻之上万木葱茏

贡　嘎　山

无法描摹的瑰丽
简直就是一柱天然水晶
洁白无瑕
耸立七千三百米的高空

冷冽的清晨
正慢慢苏醒
阳光，细细的鞭
驱赶着羊群一样的雾团
雪线下的山峰渐渐呈现
那是一如藏胞褐色的肌腱
饱含强悍的坚岩

风推着高天的云
投下巨大的影
雪峰刹那间变暗、变蓝
异常的立体
仿佛打磨过的钢
云影掠过

灿烂的日光
又把它变作熠熠银镜
这时奇迹出现了
在巅峰一角
升起一缕白烟
白烟越喷越多
越飘越高

变成一面云的旗
那一角似有无形的手
紧紧扯住
无比鲜艳的云旗
在无比湛蓝的天空
波浪一样翻动

浑如一体的山峰在起伏
黑苍苍的松林在起伏
蟒一样的盘山公路在起伏
都似在徐徐旋舞
都似在低低赞颂

千年古柏

已经老得不能再老了，
老得已脱尽皮，
只剩下枯硬的骨，
留着雷电的刀瘢、雨雪的雕痕。
已经老得不能再老了，
老得已无法直立，
有的偃卧，有的欹侧，有的盘曲……
然而，
枝头仍高擎蓬蓬翠叶，
依旧有安详的笑影，
依旧有凛然的自尊。
让人想起刚烈的忠魂，
让人想起生命的真神，
想起历史灰烬里的晶粒，
想起民族不死的根。

侍女泥塑群

泥的身与肉的身
有什么不同?
生命的最初与最终
都是大地的土。

当所有人的心
被强力吸引的一瞬,
时间平静的湖面上
绽开莲的面容……
在幽微的光线中,
那隐含万千的眼神亮了,又黯了,
仿佛漾动的波纹
滑过青花瓷瓶……

语言的尘纷纷坠落,
赞美与惊叹都归于无声。
泥土里透出的呼吸,
保持千年的清新。

三亚南海观音

不锈钢锻造的
一百〇八米高的塑像。

湛蓝无边的海天，
衬出你柔和的洁白。

你有三个面，
有三双眼俯瞰人间。

谁都能走近你，
而只能在你的身影里。

只有拉开相当长的视觉距离，
你的高度才接近一个人。

也许在很远很远的过去，
或者，很远很远的将来，

——你是我们中间的

一位平凡的
姐妹或弟兄……

2003 年 8 月

上 清 溪

说是一条溪，
更像是悬崖峭壁间的一条小路。
小小竹筏，
蛇一样向前滑行，
让我的目光与头顶上漏下的光，
一起照亮幽暗。

迎面而来的苍壁，
恍若远逝岁月的召唤。
那一蓬蓬飘拂的岩草，
仿佛时间老人的长髯；
那岩上一孔孔凹穴，
仿佛造物主留下的手印。
只有杜鹃，
有最清亮的声音。

轻风追逐在密林，
谁的歌吟这样委婉深沉？
秀逸的竹柏、金丝楠、红豆杉，

出没溪边，像超逸的隐士；
孤独的鹰巢，扎在悬崖半腰，
像一个遥远的山寨……
幸福的山谷因为荒僻，
躲过了野蛮的刀斧。
然而，更重要的是，
征伐者开始征伐自己。
当文明的晨光，
带来亲切的询问，
我走近了上清溪的心灵。

竹篙轻轻地点着溪石，
漾起的水光映在岩面，
如透明的火焰扩散无边……
鱼儿与树影一起飘动，
五彩的卵石历历可数。
一丛丛野葛有如耐读的诗句，
诱人沿着曲折的字行，
钻进层层绿云……

大多的木本、草本，
让人无法叫出名字。
穿行在这翁郁的山谷，
就像穿行在一幅刺绣的背面，

看见的只是密密的针脚，
真正的美，我还未发觉。

无形的雨，往心头飘落，
斑斑虹影闪烁千枝万叶。
物竞天择的和谐，
让人忘情在仙界。
曾有过的伤痕渐渐浮现，
曾有过的信誓隐隐烧灼……

2002 年 2 月

栈　道

那真是惊心动魄的路，
每一步都像踩着谁瘦削的肩头，
每一步都像从高悬的利斧下蹭过。

江峡的风，吹弯断崖边的树，
也把代代行路人
吹成一道道模糊的字迹……

火燎，风撕，雨蚀，
所有的桩、板都化为粉末。
只剩下一个个黑黑的方孔，
深嵌在咆哮的江水之上，
如一队铁的蚂蚁，
如一行钢的大雁……

海宁观潮

时辰到，
天地骤然倾斜，
尘暴一样的雾，
淹没眼前的一切。
寒气袭人，千军万马的
呐喊声由远而近。
一道齐刷刷的白光
如巨剑劈来！
雪山崩，雷阵爆，
排山倒海，势不可当。
一切都在奔腾，都在跳荡，
好像置身于狂欢的广场。
所有的心都像鼓槌，
骤雨般击打。
魂出窍，壮思飞！

赵 家 堡

历史的碎片散落在荒野
残垣断壁仍似在梦中蠕动

赵王爷的几十世子孙衍成这个乡村
宗谱是村沿那株千年古榕吗

失势亲王的故事没有一桩值得夸耀
而因抗倭筑起的完璧楼却储满英风

还有那青石垒成的瓮城、藏兵洞
不需要任何文字，便令人心旌飞动

危难意识沿着传说流在血管
不会销蚀的破了碎了依旧响铮铮

腐朽了的亡灵当然也在寻找机会
但活生生的人正伸展四肢呼吸新鲜的风

延　平　湖

当水口电站的大坝合龙，
闽江上游出现一个
水域宽阔的湖。

延平湖，
改变了性格的河，
舒缓、优雅地
从群山间流过。

上升的水面，
将许多山头变作岛屿，
并变出许多港汊。
于是，许多山民变作渔民，
变作船工，
变作商人……

那小径竹与芭蕉树
掩映的新村，
错落有致；

按时往返的汽船，
有如公交车，
沟通水边人家。

水边的人
喜欢水一样的浪漫。
祖宗传下的
端午节的龙舟赛，
迎蛇节的蛇灯舞，
是经久不衰的节目。
那洪涛一样狂欢的景象
如烈酒，陶醉四方宾朋。

入夜，水天一色的延平湖，
像发光的草原，
一望无际。
当游船缓缓行驶，
如一只萤火虫，
带着惊喜，
穿行在缀满露珠的树丛。
不夜的延平城，
如一树灿烂的花，
在波光里摇曳。
悬索桥像一串甜亮的歌声，

从湖面飞过。
玉屏桥像一弯明月，
含着隐秘的微笑。
十里滨江大道的灯光，
像密密的火的瀑流，
向眼里的天空奔泻……

清爽的风拂过山影，
仿佛触着延平湖
飘舞的裙裾，
心与浪波一起腾跃。
在轻轻的吟唱中，
延平湖，
深情地牵着城市，
牵着村庄，
走向梦想的家园。

负载着无尽的叮嘱，
延平湖，
舒缓、沉静地流过。
像岁月承受着伤痛，
荡涤着污浊，
在闽北绿色的叶脉中，
充沛、宽阔地流过……

泰宁金湖

对于水的珍惜，使水造出许多奇迹。
当金湖水库蓄满了水，那宽阔的水面，
就像透明的皮肤蒙在青春的胴体。
浩渺的水，悄悄地舒展着她的梦，
从昔日荒野里牵出旋动的画廊。
蒙蒙烟雨里，绿意渗入淡淡的墨色。
当游艇缓缓驶向湖心，感觉
就像露珠滚动在一片硕大的荷叶上。

吹拂在湖面的风，带着密林的潮气，
引人在遐思中向旷远走去。
那曾是遥遥相望的山峰，
在水的倒影里变得如此亲近。
水在抹去一些伤感的记忆，
水把天空变作幻想的魔镜。
岸边的绿丛里闪过红墙蓝瓦，
好像有多种眼神泛在波光里。

攀上渡口的磴道，随山雀啁啾，
寻访神秘的甘露寺。峰回路转，

蓦然出现一座幽静的园林，
巨木撑起的寺阁悬空傍于危崖，
让人领略到临空欲飞的惊奇。
劫后重生的古刹由云间回到人世，
想望中甘露滴落在心叶。
移步中感觉得到时空的更迭。

抒情的水，荡漾在敞开的胸间，
山水融合，营造出至美的境界。
而当水位骤降，绿线下的丑陋
便使人感受些许无奈和悲哀……
我曾看见搁浅在泥滩的游船
如焦渴的鱼等待迟来的潮声。这时
你会痛心疾首水的珍贵，你会知道
化作金线的水难以同时化作美。

人们百里千里而至，如候鸟
追逐感情的季节，栖落在这片
可以自由放牧心灵的碧野。
初霁的金湖，如同无边的屏幕，
霞光照射丹崖，铜铸般瑰丽，
使人仿佛惊醒于某个美的故事。
永久的节拍将抚慰无数的梦，
哦，深情的水漫过未来的时日。

恭 王 府

这是清大学士和珅
用黑金垒起的府第。
精巧而华丽的建筑，
凝聚他所有的欲望和才智。

绿荫笼着曲折的回廊，
雕砖蒙着细细的青苔。
莲池里映出天外天，
镂窗中窥见园中园。
流觞曲水尽显鸿儒风雅，
听莺堂犹觉清音绕梁……

苦心营造的园林，处处装饰
他崇拜的图腾——蝙蝠。
屋檐下，回廊里，窗棂上，
无数蝙蝠在彩云中翻舞；
而那建在假山顶上的殿阁，
干脆取名"福厅"，造型
就像贴地掠飞的蝙蝠。

更使人惊异的是，这贼官
竟将皇帝亲撰的"福"字碑，
嵌埋在假山的深洞里，
想让那至尊的"福"字，
充当他千秋富贵的支柱……

也许因为他本质上
就是一只长翅膀的硕鼠，
和珅真正的乐趣，
是深夜里秉烛观抚
那藏在密窟的无数珍宝。
大地的血汩汩流入
这国贼无底的肚腹……

然而和珅万万没有料到，
那万千蝙蝠衔来的
却是他墓地的阴霾，
金光灿烂的"福"字，
一朝倾覆！
折翅的鼠，
被剖开五脏六腑……

穿岩过壁，升堂入宝，
不复神秘的奇境，

引人探究一代巨贪

思索民族

至今未能除去的病根……

马 六 甲

凡是读过历史
或地理的，
都知道马六甲海峡。
窄窄的海峡、
传奇的港湾，
曾泊过多少故事？
葡萄牙人、西班牙人、荷兰人、
英吉利人在这里轮番称王。
那已废弃的教堂、堡垒、码头，
至今仍然是记录他们的
罪行的指纹。
番仔们被马来西亚
独立的阳光刺得
睁不开眼，
他们早就失去了"主人"的威风。
而华人，像野草野花一样的
种群，却生机勃勃。
他们无声无息地融入社会，
成了大马的三大民族之一。

马六甲，
到处可见与我们
同文同种的华裔，
开各色各样的商店、酒店。
当然，他们还有更大领域的开发，
包括政界。

马六甲一座华侨的坟山上，
所有的墓碑都明明白白地
记载着出生地——
他们至死都眷恋的神州故土。
这座坟山
傍着海洋，
大海的潮汐，是逝者
永不消逝的呼吸与呐喊……

热带的阳光，
海洋的风，
还有一阵阵忽来忽去的雨，
无边无际的橡胶、椰林……
马六甲，
殖民者与垦荒者
在这里不期而遇，
各自写下了历史。

哭　墙

全球犹太人的伤心地，
耶路撒冷城的哭墙。
只有这面残破的墙，
才是他们灵魂的故乡。
翻过千山，越过重洋，
如同洄游的大马哈鱼，
身心疲惫的犹太人，
一群群趴在苍老的哭墙上，
好像抚着母亲的手掌，
好像触着父亲的目光，
一任悲伤的潮泛滥；
那是多么久远的流浪，
无根人，哭号着，
把命运的坚磐摇撼……

挨墙就是阿拉伯教堂。
犹太人哪，当你贴耳墙上，
可曾听到另一个民族的哭喊？
为什么这片诞生神话的土地上，

和平的鲜花却屡遭摧残？

为什么要把复仇的利箭，
射向善良而无辜的羔羊？
这边的哭声同那边的哭声，
仿佛阳光也在不安地震颤。
难道只有泪水才能冲刷泪水，
难道只有苦难才能改变苦难？

欧行小记

丹麦风车

古老的彩色的大风车，
不停地转动着，转动着……
那无形无尽的纱，
从辽阔的海向辽阔的绿野，
卷动着，卷动着……
感觉得到那舒缓而又
撼人心魄的旋律。

埃菲尔铁塔

法兰西用钢铆着钢，
撑起自己傲世独立的形象；
法兰西用钢拧着钢，
写出自己铿锵动人的诗章。

埃菲尔，你使匍匐的巴黎
获得巨人的视野；

埃菲尔，你像一支巨大的烛台，
让巴黎的身影梦一样长……

罗　浮　宫

曾是拿破仑的藏金窟，
如今开放的博物馆。
玻璃金字塔罩着出口、入口，
像一块巨大的水晶立在地面。

川流不息的目光，
抚摩着稀世珍品。
这是历史海滩上的彩贝，
时间的波浪絮语在天边……

属于全人类的谁能独占？
透明的金字塔似乎就是预言。
笑纳千千万万的淘金者，
让艺术精灵飞遍人间。

古罗马斗兽场

像一顶毁弃已久的王冠，
在夕阳下发出褐色的光。

花岗岩垒成的桶形广场，
是世上最残暴的娱乐场。

那层层石阶上曾坐满兽的人，
那密密石缝下曾渗透血的河。

这噩梦的一幕是否已落下？
这文明的背面是否光明？

科隆大教堂

整个城市都被夷为平地，
唯有这座教堂安然兀立。
"二战"时苏军的慈悲为怀，
使这千年古迹香火永续。

花岗石砌成的哥特式建筑，
两座百米尖塔耸天并峙。
仿佛是高举双臂的使徒，
向苍生传递着什么信息。

哦，大教堂经历的悲喜剧，
让我发出许多疑问，

是否走不出自己的人们，
需要从虚无中寻觅充实？

威　尼　斯

被伦巴第大军追逼得
走投无路的威尼斯人，
在遍地沼泽的孤岛上扎下根。
木桩和石块，渗入汗与血，
使地基似牙床一样坚忍。

困苦中求生的威尼斯，
魔术师似的造出海上仙境；
在怒海中扬帆的威尼斯，
如蝶群，八方飞逐花汛。

精卫填海的神话，
在这里是触目可见的现实。
然而，这象征精神的巨构，
却正在悄悄地下沉。
今天，当我游弋在幽梦般的水巷，
眼前挥之不去的
是那泥泞中的夯影风灯……

布鲁塞尔的于连

也许他是唯一的敢在街头撒尿
反而大受嘉许的小孩，
也许这个憨态可掬的顽童
即是比利时人性格的写真。
关于于连的故事，有好多好多版本，
敢把一个儿童奉为第一公民，
恰恰证明此国非所传的"小人国"。
更有趣的是，这个只半米高的小于连
在每一个重要的纪念日，
都要穿上某国元首赠送的军装。
（其中也有中国人民解放军军装，
"八一"那天换上）
神气活现的于连，若无其事地
在人们的头顶上大洒杨花露，
所有的人都开心地笑望着他，
像望着真正的和平。

2006 年 4 月

在三八线近旁

两个村庄

在"无人区"边缘，有两个对峙的村庄
像两匹倔强的牛，远远对峙着

这边竖起一根高高的旗杆
那边树立一根更高的旗杆

两面国旗在风中互相吐着舌头
隔着宽阔的平原，如两只低回的鸥

望 乡 桥

一座铁桥横贯在临津江上
却像一条锁链扼着滔滔激流

苍松掩映的桥头，有一座石碑亭
不停播放清婉动人的思乡曲

走上桥，方几十步便被拦截
铁丝网墙上，挂满经幡似的字条

当年，离散的亲人一度在此相会
字条上写满的应是泣血的呼喊

江风簌簌地掀翻着这水渍斑斑的文字
让所有人的目光沉重地低垂

三八线下的地道

在这插翅难飞的三八线地底下
居然蛰伏着一条数百米地道
盲肠一样未被开通的地道
究竟是哪一方使出的奇招

沿着百米斜洞，游客被引去参观
躬身而行，阴冷潮湿令人几近窒息
我不会赞美也不会咒骂，我只希望
它是一条巨大的蚯蚓，拱松血凝的土地

都罗驿火车站

不锈钢、玻璃构筑的现代化车站

矗立在隐含火药味的前沿
站内电子显示屏标示四通八达
而站外则是铁丝网林立

没有旅客，只有三五成群的观光客
空荡荡的候车厅里，脚步声分外响
这车站在等候，等候某一天、某一时刻
等候汽笛，等候心与钢轨一起震颤

三 尊 石 人

三尊大小不一、造型粗犷的石雕
酷似复活岛上那神秘的石像
列峙在一处绿草坡上
鼓着眼，凝望着北方

烈日下，它们不会眨一下眼
风雨中，它们不会挪移半步
它们不会害怕冷枪流弹
它们有着最持久的忍耐

没有表情，也没有色彩
它们的脸始终朝着一个方向
眺望北方，眺望北方

它们是一个意志，令我震撼

瞭 望 台

一整排收费的高倍望远镜
长筒对着千米外的朝方村落

射出去的目光像抛出去的钓线
那串串空洞尬笑即是收获

谁也没必要去戳破什么
那心头秘密只被一张纸裹着

附录一

诗 之 旅

　　拼命地要走进诗，拼命地要从诗里走出来。就像要在岩壁里寻一条缝。在缝也寻不着时，在碰得头破血流时，在所有的欲望、本能、力气都往某一处击打时，思想的坚壳散裂了。而这一刻，一丝光出现了，一缕光、一片光出现了。一股从未感受过的清冽之风，倏地吹旺了灵魂的火。燃烧的火，沿着血脉奔跑，沿着长空、原野、大河、荒莽、山峡，向着最高处，也向最低处，向着心灵的键盘，向着悲与喜的极致，向着所有的存在与不存在奔跑。撞响雷阵，引动花潮，把所有的星星都倾倒进一条瞬息即逝的长河……

　　而当一切的碎瓣，还来不及被文字一一附着，诗行的闸栏悄然落下，语言的石头，岿然兀立。

附录二

我不过是个爱写诗的穷人

我不过是一个爱写诗的穷人。是不是所有的诗人都是穷人？穷人渴望的东西太多，也太平常，也许正因此，他让自己喊出的声音变得格外粗，或者格外细……我不过是个爱写诗的穷人。是不是所有的诗都属于穷人？富足者的行囊哪里还有空隙？也许正因此，穷人可以一路捡拾尘世的片羽、苍暝的吉光……我不过是一个爱写诗的穷人，我知道唯有穷而后才有诗。通往诗国的路是穷人的路，这一点从古至今没有改变过，也许正因此，诗的路终会通向快乐！